# ¡ATRAPA ESE PEZ!
# CATCH THAT FISH!

Adapted by Stevie Stack
Based on the episode "Gone Fishin',"
by Mark Drop
Translated by Laura Collado Píriz
Illustrated by the Disney Storybook Art Team

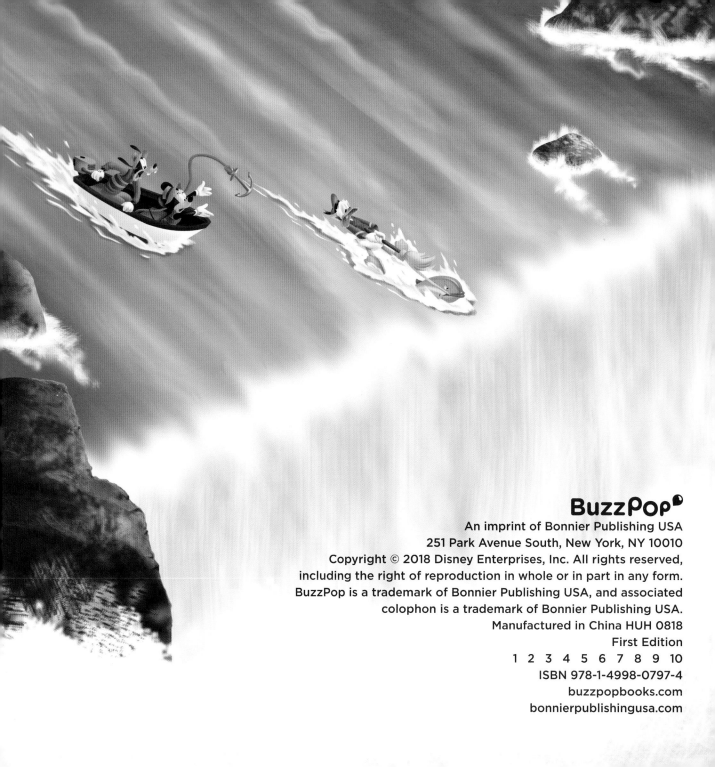

**BuzzPop**

An imprint of Bonnier Publishing USA
251 Park Avenue South, New York, NY 10010
Copyright © 2018 Disney Enterprises, Inc. All rights reserved,
including the right of reproduction in whole or in part in any form.
BuzzPop is a trademark of Bonnier Publishing USA, and associated
colophon is a trademark of Bonnier Publishing USA.
Manufactured in China HUH 0818
First Edition
1 2 3 4 5 6 7 8 9 10
ISBN 978-1-4998-0797-4
buzzpopbooks.com
bonnierpublishingusa.com

Mickey y Goofy se están preparando para su viaje de **pesca** anual.
Mickey and Goofy are getting ready for their annual **fishing** trip.

Minnie, Daisy, Cuckoo Loca, y Donald ayudan a **empacar** los suministros, pero Donald se tropieza ¡y se llena la cara de protector solar!
Minnie, Daisy, Cuckoo Loca, and Donald help **pack** the supplies, but Donald trips and squirts sunscreen on his face!

   —¡Buenísimo, Goofy! Seremos solo tú, yo y todos los peces en el **lago** *Hot Dog* —dice Mickey.
"Hot dog, Goofy! It will be just you and me and all the fish in Hot Dog **Lake**," Mickey says.

   —¡Por fin te podré **enseñar** a usar mi técnica de lujo extra especial para pescar! —dice Goofy.
"I can finally **teach** you how to use my special sidewinder loop-deluxe fishing cast!" Goofy says.

Minnie, Daisy, Donald y Cuckoo Loca dicen **adiós** con la mano mientras Mickey y Goofy se alejan en coche.
Minnie, Daisy, Donald, and Cuckoo Loca wave **goodbye** as Mickey and Goofy drive away.

"¿Verdad que suena fantástico sentarse junto al lago y **relajarse**?" pregunta Minnie.
"Doesn't it sound divine, sitting by the lake and **relaxing**?" asks Minnie.

Sus amigos están de acuerdo en que un **viaje** de pesca suena divertido.
Her friends agree that a fishing **trip** sounds fun.

"¿Por qué no dejamos de **soñar** con divertirnos para divertirnos realmente?" dice Minnie.
"Let's stop **dreaming** about all the fun and actually do it!" says Minnie.

Cuando Mickey y Goofy llegan al lago, Goofy empieza a enseñarle a Mickey su técnica de pescar **especial**.

When Mickey and Goofy get to the lake, Goofy starts to show Mickey his **special** fishing cast.

De repente, Donald llega conduciendo hasta donde están sus amigos, **listo** para pescar un buen pez él también.

Suddenly, Donald drives right up to his buddies, **ready** to catch a big fish himself.

Goofy vuelve a comenzar con su **lección** de pesca, pero aparece la camioneta *Happy Helpers* con Minnie, Daisy y Cuckoo Loca.

Goofy begins his fishing **lesson** again, but the Happy Helpers Van appears with Minnie, Daisy, and Cuckoo Loca inside.

"¡**Decidimos** acompañarlos!" dicen.

"We **decided** to join ya!" they say.

¡Mickey y Goofy no esperaban tanta **compañía**!

Mickey and Goofy were not expecting so many **visitors**!

¡Donald conduce su *Cabin Cruiser* hasta el lago y ve un **pez** enorme!
Donald drives his Cabin Cruiser into the lake and spots a huge **fish**!

Lanza su caña al agua y **espera** a que piquen.
He casts his fishing line in the water and **waits** for a bite.

Mientras tanto, Mickey y Goofy ayudan a **desempacar** la camioneta
*Happy Helpers* ¡y se preparan para empezar a pescar!
Meanwhile, Mickey and Goofy help **unpack** the Happy Helpers Van, and
get ready to start fishing!

Pero Minnie y Daisy les dan unas raquetas de **bádminton** y les preguntan
a los chicos si prefieren jugar con ellas.
But Minnie and Daisy hand them **badminton** rackets and ask the boys to
play with them instead.

En el lago, Donald siente un **tirón** en su caña.
On the lake, Donald feels a **bite** on his line.

Enrolla el sedal ¡y descubre que capturó una **bota**, no un pez!
He reels it in and discovers he has caught a **boot**, not a fish!

Se enoja tanto que lanza la **caña** al agua.
He gets so angry, he drops his **fishing rod** in the water.

Decide pescar con una **escoba** y un sándwich.
He decides to fish with a **mop** and a sandwich instead.

Cuando Donald lanza el **sándwich** al agua, ¡un pez gigante nada hacia la superficie y lo muerde!

As soon as Donald throws the **sandwich** into the water, a giant fish swims up and bites it!

"¡Te tengo!" **dice** Donald

"Gotcha!" **says** Donald.

¡Pero el pez es **fuerte**!

But the fish is **strong**!

¡El pez tira tanto que saca a Donald del barco y lo arrastra hacia el **agua**!

The fish pulls Donald out of his boat and into the **water**!

En tierra firme, Minnie y Daisy **ganan** el partido de bádminton por veintiún puntos.
Back on land, Minnie and Daisy **win** the badminton game by twenty-one points.

Goofy y Mickey están a punto de empezar su lección de **pesca** de nuevo cuando
Minnie les interrumpe.
Goofy and Mickey are about to begin their **fishing** lesson again when Minnie
interrupts them.

Ella señala a Donald, ¡un pez le está arrastrando por todo el **lago**!
She points to Donald, who's being dragged around the **lake** by a fish!

—¡**Atrapó** un pez gigante! —dice Daisy.
"He's **caught** a whopper!" says Daisy.

—¡Parece que el pez gigante le atrapó a **él**! —dice Cuckoo Loca.
"Looks like the whopper caught **him**!" says Cuckoo Loca.

¡Donald pide **ayuda**!
Donald calls for **help**!

Mickey y Goofy se suben a su **barco** pesquero y van a salvar a su amigo.
Mickey and Goofy board their fishing **boat** and head out to save their friend.

¡Mickey y Goofy **persiguen** a Donald!
Mickey and Goofy **chase** after Donald!

Cuckoo Loca le dice a Minnie y a Daisy que Donald y el **pez** acaban de dar la vuelta al Punto Peligroso en la Cala Peligrosa, que les lleva justo… a las Cataratas Peligrosas.
Cuckoo Loca tells Minnie and Daisy that Donald and the **fish** just rounded Danger Point into Danger Cove, which leads right into . . . Danger Falls.

"¿Cataratas Peligrosas?" **gritan** Minnie y Daisy.
"Danger Falls?" **shout** Minnie and Daisy.

¡Las tres amigas se suben al barco de Donald de un **salto** para ayudar!
The three friends **jump** into Donald's boat to help!

Donald está a punto de caer en la **catarata** cuando a Mickey y a Goofy se les ocurre un plan.
Donald is about to go over the **waterfall** when Mickey and Goofy come up with a plan.

—¿Alcanzas a Donald con tu técnica para pescar extra **especial**? —pregunta Mickey.
"Can you reach Donald with your **special** sidewinder loop-deluxe cast?" asks Mickey.

—¡Creo que será mejor que **ambos** lo intentemos! —dice Goofy.
"I think we **both** better snag him!" says Goofy.

¡Goofy por fin le **enseña** a Mickey su técnica de pesca especial!

Goofy finally **teaches** Mickey his special fishing cast!

   —Tira hacia atrás, pon el pulgar en el sedal, da tres golpes con el **dedo del pie**, voltea, tuerce, gira, da vueltas y más vueltas y ¡a volar! —dice Goofy.

"Pull back, thumb the reel, tap your **toe** three times, twist, swivel, pivot, round and round she goes, and let her fly!" says Goofy.

Juntos, Mickey y Goofy tiran sus cañas y **enganchan** la camiseta de Donald.

Together, Mickey and Goofy cast their lines and **hook** Donald's shirt.

Mickey y Goofy **enrollan el sedal** hasta que Donald llega al barco.
Mickey and Goofy **reel** Donald up to their boat.

"¡Lo tenemos que **cortar** para dejar libre al pez!" grita Mickey.
"We've got to **cut** that whopper loose!" yells Mickey.

Goofy saca una **tortuga** mordedora del agua.
Goofy picks up a snapping **turtle** out of the water.

La tortuga muerde la **cuerda** ¡y Donald vuela por los aires!
The turtle chomps on the **rope**, and Donald flies through the air!

¡Minnie, Daisy y Cuckoo Loca **llegan** justo a tiempo!
Minnie, Daisy, and Cuckoo Loca **arrive** just in time!

Atrapan a Donald con una **red** de pesca.
They catch Donald with a fishing **net**.

"**Gracias** a todos. ¡Qué viajecito!" dice.
"**Thanks**, everyone. What a ride!" he says.

¡Donald, Daisy, Minnie y Cuckoo Loca están listos para más **diversión** en el lago!
Donald, Daisy, Minnie, and Cuckoo Loca are ready for some more **fun** by the lake!

—Bueno, en realidad **esperábamos** pasar un poco de tiempo de amigos para
Goofy y Mickey —dice Goofy.
"Well, actually, we were **hoping** for some quality Goofy and Mickey buddy time,"
says Goofy.

—Sabemos lo importante que es que los **amigos** pasen tiempo solos —dice Minnie.
"We know how important it is for **friends** to spend time on their own," says Minnie.

Donald, Daisy, Minnie y Cuckoo Loca **se disculpan** y vuelven a la orilla en el *Cabin
Cruiser* de Donald.
Donald, Daisy, Minnie, and Cuckoo Loca **apologize** and head back to shore in
Donald's Cabin Cruiser.

—Por fin **solos** —dice Mickey alegremente.
"**Alone** at last," says Mickey happily.

—No del todo. ¡Hice un nuevo **amigo**! —dice Goofy con un gesto de dolor.
"Not quite. I made a new **friend**," says Goofy with a wince.

Luego Mickey **aúlla**.
Then Mickey **yelps**.

¡Su barco está lleno de **tortugas** mordedoras!
Their boat is full of snapping **turtles**!

El resto del grupo escuchan **gritar** a Mickey y Goofy en la distancia.
The rest of the gang hears Mickey and Goofy **yelling** in the distance.

"¡Ay, parece que el tiempo de amigos de Goofy y Mickey está siendo **estupendo**!"
dice Minnie.
"Aw, it sounds like Goofy-and-Mickey buddy time is going **great**!" says Minnie.